AUGUSTE GAUD

Au Pays Natal

IDYLLES & POÈMES

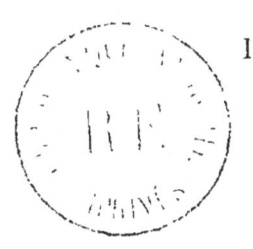

NIORT

L. CLOUZOT, LIBRAIRE-ÉDITEUR

22, RUE DES HALLES, 22

1893

AU PAYS NATAL

AUGUSTE GAUD

Au Pays Natal

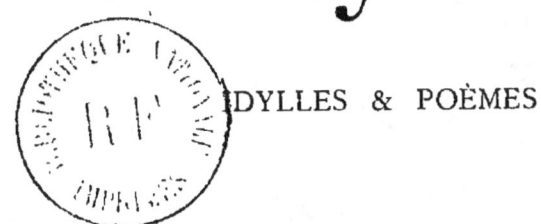

IDYLLES & POÈMES

NIORT

L. CLOUZOT, LIBRAIRE-ÉDITEUR

22, RUE DES HALLES, 22

1893

A JACQUES RENAUD

D'AUCUNS m'ont dit déjà : « Ceci, c'est du Vicaire ;
Cela, du Richepin. » Non, j'ai bu dans mon verre ;
Si j'ai chanté, comme eux, les gueux, les paysans,
Ce sont ceux du Poitou, je n'ai point vu les autres,
Et si les leurs, parfois, sont semblables aux nôtres,
Ceux que nous avons peints, n'en sont pas moins puissants.

Que m'importe d'ailleurs ! je me ris des oracles,
Je vais seul, et je chante, en dépit des cénacles ;
Je fuis les flagorneurs et leur coup d'encensoir.
Je ne veux ni parrain, ni maître, et mon idole,
N'est point parmi ceux qui se font une auréole,
De la mousse des bocks, qu'ils offrent, chaque soir.

LE COUCOU

Quand j'ai cueilli dans la plaine,
Ce bouquet de marjolaine,
Mon cœur n'était point en peine.

Sur le gazon des sentiers,
Je m'arrêtais, volontiers,
A l'ombre des églantiers.

Au loin, babillait la source,
Sans un écu, dans ma bourse,
Je continuais ma course.

Et, bercé par les chansons,
Des bouvreuils et des pinsons,
Je rêvais sous les buissons.

De la brise voyageuse,
La cantilène joyeuse,
Vibrait, parfois, sous l'yeuse.

Et, des chèvres, la tribu,
Suivait dans le val herbu,
Un bouc folâtre et barbu.

Il marchait devant la bande,
Qu'il conduisait à la lande,
Que parfume la lavande.

Tout me semblait rajeuni,
L'oiseau chantait dans son nid,
L'hymne d'amour infini.

Certes, la vie était douce,
Et, le lapin sur la mousse,
Broutait une jeune pousse.

Et, parfois, dans les grands bois,
Où le chevreuil aux abois,
Ecoute passer des voix.

Je buvais à la fontaine,
Qui coulait au pied d'un chêne,
Près d'une grotte prochaine.

Et, je me dirigeais, vers,
Les arbres aux dômes verts,
Tout en ciselant mes vers.

Lors, vêtu de mince étoffe,
Calme comme un philosophe,
En paix, j'achevais ma strophe.

Et, j'allais, par les chemins,
Sans souci des lendemains,
Avec des fleurs, plein mes mains.

Sous mes pieds, la pâquerette,
Etalait sa colerette,
Et se balançait, coquette.

Mais, voici que tout à coup,
La rauque voix du coucou,
M'a poursuivi comme un loup.

L'oiseau, tel qu'un vieux critique,
Parlait d'un ton dogmatique,
Sans attendre ma réplique.

Il me contempla, narquois,
Curieux comme un bourgeois,
Et me dit, enflant sa voix :

« A quoi songes-tu, poète,
Devant la nature en fête,
Pourquoi te creuser la tête ?

Pauvre chétif troubadour,
Laisse les fleurs et l'amour,
Et dors, tout le long du jour.

Les sons de ta cornemuse,
Ce n'est point ce qui m'amuse,
Et tu fais bâiller ta muse.

A ce métier d'indigent,
Combien gagnes-tu d'argent ?
« Va-t-en voir s'il en vient Jean »

Va, crois-moi, n'écrit qu'en prose,
Laisse se faner la rose,
Sans plisser ton front morose.

Pour plaire à belle-maman,
Bâcle un tragique roman,
Tout fleuri de sentiment.

Puis, collabore aux gazettes,
Montre aux badauds, sans lunettes,
« Les astres et les comètes ».

Ainsi me parla l'oiseau,
Perché sur un arbrisseau,
Sur le bord d'un clair ruisseau.

Mais, à la muse immortelle,
Je suis demeuré fidèle,
Sans remplir mon escarcelle !...

Muse, aux lèvres de carmin,
L'hiver flétrira demain,
La rose et le blanc jasmin !

Mais, mon âme, ô ma déesse,
Evoquera sans tristesse
Nos heures de douce ivresse !

Et, ton souvenir vainqueur,
Malgré le coucou moqueur,
Toujours vivra dans mon cœur.

Et, toi, pauvre petit livre,
Qu'au hasard du sort, je livre,
Qui sait si tu pourras vivre ?

A EUGÈNE THEBAUD

COMME toi, j'aime la province où je suis né,
Et ses paysans au costume suranné,
Dont beaucoup n'ont jamais mis les pieds à la ville ;
Et qui, sous le soleil qui leur brunit la peau,
Avec leur blouse bleue et leur large chapeau,
S'en vont, suivant leurs bœufs, d'un pas lourd et tranquille.

J'admire ses beaux gars, au corps sain, vigoureux ;
Ses filles au teint frais, aux regards amoureux,
Ses bois, ses champs, ses prés, ses vallons et ses vignes.
J'aime ses laboureurs, dès l'aube, rassemblés
A la foire et qu'on voit, sous la tente, attablés,
Avec les vieux joueurs et les buveurs insignes.

Car, je connais leur vie, et je sais leurs chansons,
Et, bien souvent, le soir, les pieds sur les tisons,
Je me chauffe, l'hiver, devant leur cheminée ;
Je m'éveille, comme eux, au son de l'angelus,
Et je sais qu'ils sont sourds aux leçons de Malthus ;
On voit beaucoup d'enfants parmi leur maisonnée.

Or, je veux, en ces vers, célébrer leurs amours,
Et chanter leur refrain, qui vibre aux alentours,
En été, dans les champs ; dans la vigne, à l'automne.
Les uns, diront : c'est bien ; les autres : c'est banal,
Et, si quelque pédant m'éreinte en son journal,
Nos gars lui répondront par le mot de Cambronne !

LES MOUCHES D'OR

LES belles mouches d'or, qui vont sur les charognes,
  Et voltigent autour de l'étal du boucher ;
S'abattent sur le sol, semblables aux ivrognes,
  Qui, soûls, ne peuvent plus marcher.

Leur aile qui frôla, l'immonde pourriture,
Alors qu'elles suçaient la vie aux flancs des morts,
Est inerte et leur donne une bizarre allure,
  En restant collée à leur corps.

Tel, le poète qui traîne parmi la foule,
Son sublime idéal et ses rêves d'amour,
Son génie est semblable au vieux mur qui s'écroule,
Son aile est veule et son vol lourd.

LES BŒUFS

A Anatole France

Quand la bise d'automne, a dépouillé les aulnes,
Et que, dans les sentiers, jonchés de feuilles jaunes,
Le dernier papillon meurt sur le sol durci ;
Quand le merle frileux que le froid a transi,
A quitté son vieux nid de mousse et d'herbes sèches ;
Les grands bœufs, sont couchés, pensifs, devant leurs crèches,
Sur la litière fraîche, au bruit rauque du vent,
Le muffle au ras du sol, ils broutent en rêvant,

Des tiges de maïs et des rameaux d'érable.
Une chaude vapeur flotte dans leur étable,
Où le pâtre a laissé son aiguillon de houx,
Qui, parfois, s'abattait sur leur dos au poil roux,
Quand les chiens, dans le val, les harcelaient, sans trêve ....

Ils regrettent, pourtant, cette saison trop brève,
Ces beaux jours disparus, où, par les prés fleuris,
Ils folâtraient, ainsi que de jeunes cabris,
Et se désaltéraient dans l'onde des fontaines,
Alors que les bouviers, à l'ombre sous les frênes,
D'un fragile roseau tiraient de si doux sons,
Que l'écho, dans les bois, répétait leurs chansons.

A PAUL VERLAINE

En vain, je m'évertue, à fouiller le symbole,
Que naguère, inventa le divin Moréas ;
Maître, je n'entends rien à la nouvelle école,
Et préfère le vin clairet à l'hypocras.

Que celui que vous tous, acclamez comme un prince,
Possède la science et les trucs du métier ;
Je m'en moque ; je vis au fond de ma province,
Dans un riant vallon où fleurit l'églantier.

Si je né suis pas né, sous le ciel de l'Attique,
Où l'on voit folâtrer la nymphe, au pied léger.
En jouant de vieux airs, sur ma flûte rustique,
J'écoute, au loin la voix sonore du berger.

Tant pis si ma chanson écorche votre oreille,
Je n'aurai point le sort du pauvre Valmajour;
Et n'ai jamais quitté mon jardin où l'abeille,
Autour d'un blanc jasmin bourdonne au point du jour.

C'est là, que je relis ton œuvre un peu mystique,
Où le cœur débordant d'amour religieux ;
Tu laisses, un instant, un poème érotique,
Pour chanter à Jésus un cantique pieux.

Or, je te vois, rêveur, et traînant tes guenilles ;
Sur le grand boulevard, non loin du Luxembourg ;
Tel, qu'un moine paillard qui couche avec des filles,
Et, qui s'en va priant, tout le long du faubourg.

L'ABEILLE

En floréal, quand sur la rose,
L'œillet, le lys et le jasmin ;
Le svelte papillon se pose,
Ouvrant ses ailes de carmin.
Quand dans les blés verts, l'alouette,
Dès l'aube voltige et caquette,
Et que la pâle paquerette,
Fleurit dans l'herbe du chemin.

Quand on entend, sous la feuillée,
L'hymne d'amour du rossignol ;
Quand la caille, a peine éveillée,
Dans la luzerne prend son vol.
Quand, sous les baisers de la brise,
La rosée en perles s'irise,
Et que la bergère est assise,
Sous les chênes, en parasol.

Quand le laboureur, dès l'aurore,
Dans les guérets, conduit ses bœufs ;
Et que le zéphyr fait éclore,
Des fleurs dans les sentiers herbeux ;
Quand Nanon quitte sa quenouille,
Alors que le pinson gazouille,
Et que coasse la grenouille,
Sur le bord des étangs bourbeux.

J'aime à voir voltiger l'abeille,
Dans mon jardin, parmi les fleurs,
Autour de la rose vermeille,
Et des lys, aux pâles couleurs.

Or, sans en oublier aucune,
Elle va, butinant de l'une
A l'autre, buvant dans chacune,
Ce que l'aube a versé de pleurs.

Sur les muguets, sur l'amaranthe,
Et sur les bleus myosotis ;
Sur la rose plus odorante,
Que les seringats et les lys ;
Sur l'œillet, sur la renoncule,
Elle se pose, sans scrupule,
Et, dans sa ruche s'accumule,
Un doux miel au parfum exquis.

Elle fuit la guêpe orgueilleuse,
Et, l'hiver quitte nos vallons,
Quand, au loin, gronde, furieuse,
La rauque voix des aquilons.
Ouvrière laborieuse,
Son œuvre vraiment merveilleuse,
Brave la critique envieuse,
De l'essaim bruyant des frêlons.

Elle court les bois et la plaine,
Les champs, les prés et les sentiers,
Où fleurit l'humble marjolaine,
A l'abri sous les églantiers.
Comme la voyageuse blonde,
Poëte, à la tâche féconde,
Poursuis ta course vagabonde,
Sourd aux clameurs des gazetiers !...

Va, rêver sous les vertes branches,
Chante le printemps radieux,
Qui fait éclore les pervenches,
Et luire l'espoir dans nos yeux.
Chante la source qui babille,
Et la bergère dont l'œil brille,
Comme une étoile qui scintille
Et nous sourit du haut des cieux !...

Chante, les gars de nos campagnes,
A l'âme naïve et sans fiel ;
Chante, leurs robustes compagnes,
Et les refrains du ménestrel.

Et, si parfois ton pied trébuche,
Si le sort te tend une embûche,
Que ton cœur soit comme la ruche,
Où l'Amour dépose son miel !...

LÉON CLADEL

Il n'est plus le puissant créateur d'Albe Ompdrailles,
Le peintre génial des épiques batailles,
    Et des paysans du Quercy.
Celui qui, dans ses bras, me reçut comme un frère,
Cladel, le vieux lutteur, l'artiste, le bon père,
    Et l'ami des jeunes, aussi !

Il n'est plus le penseur austère, au front morose,
Le maître joaillier qui sertît dans sa prose,
    L'héroïsme des va-nu-pieds.

Il n'est plus l'écrivain, vigoureux, comme un chêne,
L'athlète qui resta jusqu'au bout dans l'arène,
      Nous prodiguant ses amitiés.

Il n'est plus ce cœur d'or, ce vaillant et ce juste,
Ce poète nerveux au talent si robuste,
      Qui cisela le Bouscassié,
Il n'est plus le charmeur que je revis à Sèvres,
Avec ses longs cheveux et le sourire aux lèvres,
      Tel, un vieux Christ, émacié !...

Il n'est plus celui qui dans l'ardente mêlée,
Releva des vaincus l'espérance ébranlée ;
      Fier rejeton de Montauban,
Il n'oublia jamais son moulin de la Lande,
Où son âne broutait le trèfle et la lavande
      Et gambadait en titubant !...

Il n'est plus celui qui nous conta les prouesses,
De ses chiens qu'il aimait à combler de caresses,
      Et qui le suivaient, tout joyeux ;
Quand parfois il partait, son manteau sur l'épaule,
Au printemps, pour rêver à l'ombre d'un vieux saule,
      Sous la douce clarté des cieux !

Il n'est plus celui qui se montrait doux, affable,
Envers ceux qui venaient pour s'asseoir à sa table,
    En proie aux caprices du sort !...
Il savait d'un seul mot relever leur courage,
Et lorsqu'ils s'éloignaient de son humble ermitage,
    Leur cœur, d'espoir battait plus fort !

Il n'est plus celui qui devant sa maison blanche,
Accrochée au flanc d'un côteau fleuri, qui penche,
    Regardait jouer ses enfants :
Marius, Eve, Esther, Judith, Rachel la blonde,
Qui, rieurs, poursuivaient leur course vagabonde,
    Et le contemplaient, triomphants !...

Il n'est plus ; la maison, est triste, désolée,
Et ses chiens sont muets dans leur niche isolée,
    Leur maître ne reviendra plus !...
On ne le verra plus, pensif, sur la terrasse,
Où, naguère, un beau soir d'été, j'avais pris place,
    Entre Lemonnier et Reclus !

  • • • • • • • • • • • •

O Maître ! dors en paix, ton œuvre n'est pas morte,
Elle resplendira plus sublime et plus forte ;
    Je la relis avec orgueil !

Je me laisse bercer au rythme de ta phrase,
Et j'aime tes héros dont le souffle m'embrase,
        Titi Foyssac et N'a-qu'un œil !...

Oui, j'aime comme toi, le soleil, la nature,
Les bois ombreux où la source claire murmure,
        Les gars courbés sur le sillon !...
J'aime les grands bœufs roux aux regards nostalgiques,
Les filles aux yeux bleus, doux et mélancoliques,
        Avec leur teint vermillon !

J'aime le sol natal et les fraîches idylles,
Les parias, les gueux des champs et ceux des villes ;
        Le gai refrain de leurs chansons !...
J'aime quand le zéphyr fait palpiter la feuille,
Le bruit des voix et des doux baisers que l'on cueille,
        Blottis, derrière les buissons !...

J'aime tes paysans à la mine farouche,
Qui regardent passer les bourgeois d'un œil louche,
        Et vont par les sentiers herbeux,
Sourds au chant de l'oiseau sur la blanche aubépine,
Farandol, le tambour, le rusé Margouylne,
        Et celui de la Croix-aux-Bœufs !...

J'aime tes fiancés, Inot et sa Janille,
Margaridô, la fleur du Quercy, si gentille,
        Et la Roumanenque, à l'œil sec ;
J'aime tes va-nu-pieds : Eral, le noctambule,
Vyr, Nâzi, Eljaënz, Çardoc, Dogan, l'Hercule,
        Les Auryentys, Kerkadec !...

J'aime tes faubouriens aux allures si franches,
Tes révoltés, songeant aux futures revanches,
        Ton Paul des Blés, au front pâli !
Quouœl, le vagabond, amoureux d'une étoile,
Et ton vieux chiffonnier, plus vivant que la toile,
        Où l'a tracé Raffaëlli.

. . . .

Va, dors en paix, dompteur fier du verbe rebelle,
Toi, qui jusqu'à la mort es demeuré fidèle,
        A l'impérissable Beauté !...
Maître, pieusement nous gardons ta mémoire,
Car, tu fus le meilleur, de tous ceux que la gloire,
        Conduit à l'immortalité !

———✳———

LES PETITS RAMONEURS

A Henri Clouzot.

LES petits ramoneurs, tout barbouillés de suie,
 S'en vont, par les chemins, pieds nus, dans leurs sabots,
Ils marchent bravement sous la neige ou la pluie,
   Avec leurs blouses, en lambeaux.

Ils arrivent chez nous, aux premières gelées,
Quand déjà l'hirondelle a quitté nos maisons,
Quand la bise a jonché de feuilles, nos allées,
   Et qu'on s'endort sur les tisons.

Ils ont quitté l'Auvergne, aux neigeuses montagnes,
Leur mère et leurs petits frères, aux yeux si doux :
Pour courir à travers les bourgs et les campagnes,
    Afin d'amasser quelques sous.

Dès l'aube, l'on entend leur cri dans le village,
Et de leur sac de toile, à l'heure des repas,
Ils sortent du pain bis, de l'ail et du fromage
    Qu'ils dévorent sous le verglas.

Tant que dure l'hiver, ainsi chaque journée,
De maison en maison, sans trêve, ni repos,
Ils vont sans murmurer contre la destinée,
    Joyeux, alertes et dispos.

Puis, soufflant dans leurs doigts engourdis par l'onglée,
Ils comptent leur argent, le soir, dans quelque coin,
Avant d'aller dormir dans la ferme isolée,
    Chaudement blottis dans le foin.

Mais, quand au renouveau, reverdira le saule,
Qui frissonne penché sur le bord des étangs ;
Ils partiront avec leurs outils sur l'épaule,
    Sous le clair soleil du printemps.

Gaîment, ils reprendront le chemin de l'Auvergne,
Le bonheur brillera dans leurs petits yeux gris ;
Et leurs pieds saigneront dans leurs sabots de vergne,
En suivant les sentiers fleuris,

Et, quand ils reverront, leur mère, et puis les mioches,
Sur le seuil de leur vieux logis, au toit branlant,
Ils donneront les sous qu'ils gardaient dans leurs poches,
Pour leur acheter du pain blanc !...

RÉVEIL

Debout paysan, la moisson est mûre,
On entend déjà parmi les sillons,
Quand dans les sentiers, la brise murmure,
Chanter les grillons !

Debout paysan, car ta tâche est lourde,
L'aube éclairera bientôt l'horizon.
Prends ton vieux bissac et remplis ta gourde,
Quitte ta maison !

Debout paysan, viens, prends ta faucille,
Ton large chapeau de jonc, bien tressé,
Et, pars, dans les blés, la caille babille,
Pars, d'un pas pressé !

Ecoute, au clocher de la vieille église,
Dans l'air du matin vibrer l'Angelus,
Au bord du chemin le gazon s'irise,
Sur les verts talus !

Pars, à l'horizon, le soleil déploie,
Son manteau de pourpre et de vermillon ;
Et, du sein des fleurs, s'échappe avec joie,
Le beau papillon !

Il frôle en passant la robe vermeille,
Des coquelicots, parmi les épis,
Tandis que la voix du coucou réveille,
Les bois assoupis.

Un petit lézard, à tête effilée,
Curieux, se montre au trou d'un vieux mur ;
Et le papillon prend son envolée,
Là-haut, dans l'azur.

Dans l'herbe des prés, où chantent les cailles,
On voit folâtrer dans le clair matin,
Un lièvre échappé du fond des broussailles,
            Pour brouter le thym..

Il prête l'oreille au chant des cigales,
Aux joyeux refrains des coupeurs de blé,
Il voit, dans le val, bondir les cavales,
            Sans être troublé.

Il voit dans ton champ s'entasser les gerbes,
Et suit en rêvant l'oiseau dans son vol,
Il entend la faux siffler dans les herbes,
            En rasant le sol.

Pars, bon paysan, dès l'aube, chemine,
Entends-tu, vibrer parmi les sillons,
Quand, au sein des fleurs l'abeille butine,
            Le chant des grillons ?

LES MENDIANTS

L E soleil lentement derrière la colline,
Tel qu'un disque sanglant, à l'horizon décline.
On entend, dans le val, les appels du berger,
Et, de troublants parfums flottent dans l'air léger,
C'est l'heure où, sur les champs, tombe le crépuscule,
Dans les sentiers ombreux où la brise circule,
Vers la ferme l'on voit revenir les troupeaux.
Dans le creux des fossés s'éveillent les crapauds.
Assis en rond, autour d'un feu clair de branchages,
Les mendiants qui vont courir, par les villages,

Pour le repas du soir, déjà sont rassemblés.
La chanson des grillons vibre encore dans les blés,
Tandis qu'au firmament une étoile s'allume.....

Ils sont tristes, leur cœur est rempli d'amertume.
Les paysans sont durs envers les vagabonds ;
Et ce n'est point pour eux, que leurs champs sont féconds !
Aussi, les loqueteux, une écume à la bouche,
Pâles, les poings crispés et le regard farouche,
Vomissent leur rancœur sur la société,
Dans la calme splendeur de ce beau soir d'été.

LA VIGNE

A Clovis Hugues.

Mon aïeul, dans le roc, avait planté sa vigne,
Qui, naguère, au printemps, étalait ses bras verts,
Et, bravait à l'abri de la bise maligne,
Les ardeurs des étés et le froid des hivers.

Sur les flancs d'un côteau, robuste, vigoureuse,
On voyait frissonner ses pampres dentelés,
Alors, qu'aux alentours, comme une mer houleuse,
Dans la plaine, ondulait, la nappe d'or des blés.

Ses flexibles rameaux que caressaient les brises,
Au dessus des sillons, formaient comme un berceau,
Et, le lièvre y dormait, sans crainte des surprises,
Tout en prêtant l'oreille au babil de l'oiseau.

Les pinsons, les linots, les bouvreuils et les merles,
Y bâtissaient leurs nids, et par les clairs matins,
Sur l'herbe où scintillaient d'irradiantes perles,
Les papillons d'azur, farandolaient, lutins.

Les timides lézards, en agitant leur queue,
Y poursuivaient l'insecte, et leurs petits yeux verts,
S'allumaient en fixant la belle mouche bleue,
Qui bourdonnait, folâtre, et fuyait dans les airs.

Et, l'aube déployait ses lumineuses franges,
Là-bas, à l'horizon où tel qu'un ostensoir,
Le soleil rutilait, au moment des vendanges,
Quand le raisin vermeil empourprait le pressoir.

Les grands bœufs, sous le joug, en traînant les charrettes,
Mélancoliquement, nous fixaient, l'air très doux,
Et, les filles portaient des paniers sur leurs têtes,
Et, rieuses, parfois, frôlaient leurs muffles roux.

Et, le vin jaillissait de la grappe vermeille,
De pampres couronnés, tels que des échansons,
Les beaux gars, l'œil en feu, vidaient chaque corbeille,
Et l'écho s'éveillait au bruit de leurs chansons.

Puis, vers le soir, dans les ombres crépusculaires,
Sur le bord du chemin, nous suivions les rouliers,
Et revenions, joyeux, sous les rayons stellaires,
Et l'on dansait en rond, aux portes des celliers.....

Or, mon aïeul l'aimait ; dans son orgueil farouche,
Lui seul, la cultivait avec un soin jaloux ;
Il labourait le sol, autour de chaque souche,
Quand la sève pleurait au bout des sarments roux.

Ceint d'un long tablier, il retroussait ses manches,
Il surveillait les ceps, et comptait leurs surgeons,
Puis, avec sa serpette, il élaguait les branches,
Et, guettait, anxieux, la pousse des bourgeons.

Il me disait parfois : « Quand tu seras un homme,
Et que je dormirai, là-bas, parmi les morts,
Tu viendras récolter ses fruits vermeils, et comme
Moi, tu boiras son vin qui rajeunit nos corps.

Tu connaitras, alors, les magiques ivresses,
Et tu boiras toujours, sans en être lassé,
Le breuvage divin, dont les douces caresses,
Réveillent dans nos cœurs, les chansons du passé.

Tu noieras ton chagrin, tes rancœurs et tes peines,
Dans ce nectar plus chaud qu'un rayon de soleil ;
Et ton sang coulera plus rouge dans tes veines,
Et de charmeuses voix berceront ton sommeil ! »

    .   .   .   .

Or, mon aïeul est mort, et sa vigne est stérile,
Je n'ai plus maintenant que des ceps rabougris ;
Je la vois frissonner comme un vieillard débile,
Et sa sève est tarie et ses rameaux flétris !

Adieu le vin pourpré, dont les chansons joyeuses,
Résonnaient dans mon cœur désormais assombri !
Nous ne reverrons plus l'essaim des vendangeuses,
Cueillir le blond raisin que l'automne a mûri !

Adieu les chants d'amour ! adieu les airs antiques,
Dont les dolents refrains, charmaient jeunes et vieux !
La vigne est morte ! Adieu les agapes rustiques,
Où nous vidions des brocs en songeant aux aïeux !

MA SUZETTE

MA Suzette, n'est point une beauté farouche,
    Qui me boude soir et matin ;
Et qui, l'air rechigné, fait la petite bouche,
    Devant la table du festin.

Quand, au banquet d'amour, parfois je la convie,
    Elle accourt, l'œil étincelant,
Et, nous menons, tous deux, une joyeuse vie
    Notre appétit est excellent.

A son verre, je bois, ô la saveur exquise !
De la capiteuse liqueur,
Qu'elle me verse et dont l'âcre parfum me grise,
Et d'amour fait vibrer mon cœur !

Aussi, je la préfère à la mièvre bourgeoise,
Dont les charmes sont émoussés,
Car sa chair a gardé comme un goût de framboise,
Qu'on retrouve dans ses baisers.

Et, puis, lorsque grisé par ce vin délectable,
Je me sens prêt à sommeiller ;
Plutôt que de dormir les coudes sur la table,
Son beau corps me sert d'oreiller ;

Ma tête entre ses seins, les paupières mi-closes,
Je rêve d'un vaste jardin,
Où je poursuis parmi des jasmins et des roses,
Suzette qui fuit comme un daim.

LES CLOCHES

A Gabriel Vicaire.

QUAND je rêve, au printemps, sous l'aubépine blanche,
J'aime le bruit lointain des cloches, le dimanche.
J'entends dans le vallon leur babil argentin,
Qui vibre dans l'air pur du radieux matin,
La fauvette gazouille et le gazon s'irise ;
J'aperçois, dans l'azur, le clocher de l'église,
Et son coq de fer-blanc, qui reluit, au soleil ;
Et, par les verts sentiers, le teint frais et vermeil,
De petits paysans, qui s'en vont à la messe,
Défilent ; comme au temps de ma prime jeunesse,

Alors que je suivais, un missel à la main,
Ma mère qui causait, tout le long du chemin.
Et de doux souvenirs, berçant mes rêveries,
S'éveillent dans mon cœur aux claires sonneries
Des cloches, qui, jadis, m'appelaient au saint lieu ;
A l'âge où je pouvais encore croire en Dieu...

Je revois du curé, la tête vénérable,
Les femmes à genoux devant la sainte table,
Le crucifix d'argent qui brillait sur l'autel,
L'ostensoir rutilant et l'énorme missel,
Que des enfants de chœur, aux rouges soutanelles,
Portaient ; lorsque debout, se tenaient les fidèles ;
Et j'entends résonner soudain le *Gloria*,
Le *Veni Creator* ou bien l'*Alleluia*...

Or, j'évoque, aux lueurs clignotantes des cierges,
Le suisse galonné d'argent, les jeunes vierges,
Qui passaient, devant moi, comme un essaim charmant,
Alors qu'on promenait le très-Saint-Sacrement ;
Sous un dais de velours, frangé d'or ; quand, la foule,
Telle, qu'un long ruban qui, sans fin, se déroule,
Processionnellement, allait par les chemins,
Fleuris et parfumés de l'odeur des jasmins,

Des syringas, des lis, des blanches asphodèles,
Qui, le long des maisons, et devant des chapelles,
S'étalaient ; cependant qu'autour des reposoirs,
Tels que des papillons d'argent, les encensoirs,
Se balançaient, parmi des pétales de roses.....

O Vierges ! je revois toujours vos lèvres roses,
Et vos yeux de saphir, rayonnants de beauté,
En songeant à l'Amour, plus qu'à la piété !...

L'AUTOMNE

Voici l'automne !... les beaux jours sont envolés,
Et les oiseaux frileux qui chantaient par les blés,
Dans le creux des sillons où frissonnaient les pailles,
Sont partis. Adieu les joyeux babils des cailles,
Le cri cri des grillons et le chant des courlis,
Les bruits mystérieux dont les bois sont remplis !...

Voici l'automne ! tels que des flocons de laine,
Dans un ciel pommelé, presqu'au ras de la plaine,
Des nuages légers, se poursuivent ; le vent,
Les chasse devant lui comme un troupeau ; souvent,

Dans les sentiers où nous allions, chaque dimanche
Cueillir la pâquerette et l'aubépine blanche,
Il emporte la feuille et gronde avec fureur !.....

Voici l'automne ! Dès l'aube, le laboureur,
Dans les champs d'alentours, conduit son attelage.
L'Angelus vibre encor au clocher du village ;
L'étoile du berger scintille au firmament ;
Et sur la glèbe rouge, il marche lentement,
Jetant, à pleines mains, la féconde semence,
Qui germera bientôt couvrant la plaine immense,
Où le blond messidor murira les épis,
D'un velours smaragdin, plus moelleux qu'un tapis.

CONTES D'AUTREFOIS

A Aurélien Scholl.

JADIS, quand j'étais tout petit,
L'hiver, au coin du feu, blotti,
Entre les genoux de grand'mère....
J'écoutais, ravi, curieux,
Les récits les plus merveilleux,
Et je voyageais dans les cieux,
Sur les ailes de la Chimère.

C'était d'abord le chat botté,
De ce minet, en vérité,
J'ai toujours gardé la mémoire.
Je suivais, joyeux, les ébats,
Du beau marquis de Carabas,
Mais non sans murmurer tout bas,
« Grand'mère arrange un peu l'histoire » !

J'admirais le Petit Poucet,
Ce vieux conte que chacun sait,
Où l'ogre fait plus d'une lieue.
Puis, Cendrillon et ses souris,
Qu'on voit changer en chevaux gris ;
Je n'en étais point plus surpris,
Que des exploits de Barbe-Bleue !

J'adorais le Prince Charmant,
Et puis la belle au bois dormant,
Dans un beau château prisonnière ;
Et je m'intéressais beaucoup,
Au Chaperon rouge, à son loup,
Qui prend ses jambes à son cou
Pour arriver à la chaumière.

Il me semble revoir encor,
La princesse aux fins cheveux d'or,
Et le dragon portant en croupe,
Les fées aux longs manteaux flottants ;
Je songe parfois au printemps,
A l'oiseau bleu, couleur de temps,
Et puis à Riquet à la Houppe.

Mais, quand au bout de quelques mois,
Grand'mère après la Biche au bois,
Eut épuisé son répertoire.
Moi, qui naguère, grave et doux,
Demeurais entre ses genoux,
Je taquinai son vieux chien roux,
Et poursuivis sa chatte noire.

Quel vacarme dans la maison !
L'aïeule en perdait la raison,
Et criait comme une âme en peine !
« Sois sage, ou sinon, dès ce soir,
Tu coucheras dans un trou noir,
J'entends marcher sur le trottoir,
Le bonhomme Croquemitaine ! »

Aussitôt, je baissais la voix,
Et j'accourais, comme autrefois,
Doucement, m'asseoir auprès d'elle.
Et, j'évoquais un grand vieillard,
Moustachu, féroce et blafard,
Qui me poursuivait, sombre, hagard,
Avec du feu dans la prunelle.

Mais, je fus surtout épeuré,
Tout en demeurant effaré,
Quand, grand'mère, d'une voix basse,
Me dit, un soir, baisant ma main :
« Dors, mon gars, dors jusqu'à demain,
J'entends des cris sur le chemin,
C'est Madame la Nuit qui passe ! »

Les chiens aboyaient, furieux,
Et bientôt je fermais les yeux,
Avec un frisson dans les moëlles.
Je tressaillais au moindre bruit
Et bientôt quand sonnait minuit
Je rêvais que dame la Nuit,
M'emportait parmi les étoiles.

Depuis, lorsque sur le coteau,
Flotte ton somptueux manteau,
O Nuit! que tu me parais belle !
Je songe aux contes d'autrefois ;
Et je crois entendre la voix,
De grand'mère que je revois,
Avec sa coiffe de dentelle !

L'aquilon courbe le roseau ;
Il emporte dans le ruisseau,
Rêves bleus et roses fanées.
Et, sous la neige des hivers,
Pensif, je m'achemine, vers
La tombe où sous les arbres verts,
Elle dort depuis des années.

Le Petit Poucet m'apparaît,
Et, comme lui dans la forêt,
Un ogre me poursuit sans trève.
Je marche, la sueur au front,
Courbé comme un vieux bûcheron.
Le loup du Petit Chaperon
A dévoré mon dernier rêve.

LA VIEILLE

A. B. H. Gausseron.

En été, sur un vieux banc de pierre, le soir,
Quand, près de ma maison, elle vient pour s'asseoir ;
A l'heure où les faneurs ont quitté la prairie.
Je porte mes regards sur sa face amaigrie,
Sur son front encadré de rares cheveux blancs ;
Sur ses mains décharnées aux doigts gourds et tremblants.
Son corps, tel qu'un roseau que fait ployer la bise,
Frissonne, et j'aperçois sur la muraille grise,
A la pâle clarté de la lune qui luit,
Au firmament, tel qu'un œil sanglant, dans la nuit ;
Le profil grimaçant de son ombre falote.

Son nez est recourbé comme un bec de hulotte ;
Et semblerait vouloir se joindre à son menton.
Elle, qui fût jadis, la reine du canton,
Est plus laide aujourd'hui qu'une vieille sorcière,
Et son œil est éteint sous sa flasque paupière.
Or, la tête posée, entre ses deux genoux,
Elle écoute le cri des nocturnes hiboux,
Tandis que l'on entend, au loin, sonner les heures.....

Pauvre vieille, est-ce ta jeunesse que tu pleures,
Sur le bord du chemin, lorsque passent les gars ?
Alors qu'on voit briller, dans tes mornes regards,
Des pleurs, qui vont coulant sur tes mains décharnées,
Tels des perles tombant sur des roses fanées !

VIEUX NOELS

A Madame X····

Hier, quand je vous vis passer l'onglée aux doigts,
Trottant, frileusement, sous votre mante grise ;
Je me suis souvenu des noëls d'autrefois,
Alors que, comme vous, je marchais vers l'église.

Lorsque sonnait minuit ; quand la neige, à flocons,
Tombait ; sur le verglas, j'allais, comme un homme ivre,
Tout le long du chemin, aux angles des balcons,
Je voyais scintiller des étoiles de givre.

Les cloches égrenaient leur joyeux carillon,
Et, plus d'un franc-buveur, chantait dans les auberges ;
Dans l'église, chacun songeait au réveillon,
Tandis que sur le maître autel, brûlaient les cierges.

La petite clochette au babil argentin,
Murmurait : « Hâtons-nous, la dinde est bientôt cuite. »
Et notre vieux curé bredouillait son latin,
Puis, se tournait vers nous, disant. « La messe est dite. »

Et, tout en revenant nous songions à Jésus,
Sans oublier le bœuf et l'âne dans l'étable.
Un superbe chapon qui baignait dans son jus,
Nous attendait, chez nous, au centre de la table.

Or, maintenant, je suis et podagre et ventru ;
Et, tout en évoquant ces antiques usages,
Ce soir, au coin du feu, je bois du vin du crû,
Et dans mon verre luit l'étoile des rois mages.

LA CHANSON DU MOULIN

A Marcel Bailliot.

JE connais un joli moulin ;
Drelin, drelin, drelin, din, din.
Sur les bords de ma Boutonne,
Son joyeux tic tac, résonne.
　　Drelin, din, din,
　　Drelin, drelin.

Aux alentours de ce moulin,
Drelin, drelin, drelin, din, din,
Le pinson et la fauvette,

Au printemps font la causette,
    Drelin, din, din,
    Drelin, drelin !

L'eau qui fait tourner le moulin,
Drelin, drelin, drelin, din, din.
En m'y baignant sous les saules,
Vient caresser mes épaules,
    Drelin, din, din,
    Drelin, drelin.

On voit derrière le moulin,
Drelin, drelin, drelin, din, din,
Un pré vert, où la meunière,
Conduit sa vache laitière,
    Drelin, din, din,
    Drelin, drelin.

Quand j'arrive près du moulin,
Drelin, drelin, drelin, din, din,
Je l'aperçois sur sa porte,
Qui me sourit, fraîche, accorte,
    Drelin, din, din,
    Drelin, drelin,

« Belle meunière, ton moulin,
Drelin, drelin, drelin, din, din,
Est le plus joli du monde,
Chacun y moud à la ronde,
     Drelin, din, din,
     Drelin, drelin.

Si tu veux m'ouvrir ton moulin,
Drelin, drelin, drelin, din, din,
Tu me verras, ma voisine,
Porter les sacs de farine,
     Drelin, din, din,
     Drelin, drelin !

Car, je vivrai dans ton moulin,
Drelin, drelin, drelin, din, din,
Et si ton cœur est à prendre,
Nous saurons bien nous entendre,
     Drelin, din, din,
     Drelin, drelin.

Quand je serai, dans ton moulin,
Drelin, drelin, drelin, din, din,
Tu porteras, le dimanche,

Collier d'or et coiffe blanche,
        Drelin, din, din,
        Drelin, drelin !

Puis, au gai tic tac du moulin,
Drelin, drelin, drelin, din, din,
Je te dirai que je t'aime,
En composant un poème,
        Drelin, din, din,
        Drelin, drelin !

LA VACHE A L'ABATTOIR

La vache des Brichet, hier, s'est écornée,
C'était leur gagne-pain ; tout le long de l'année,
Ils vivaient du produit de son lait ; chaque jour,
La femme le portait dès l'aube aux gens du bourg...

Et, les deux pauvres vieux, songent à leur misère,
L'un dit : il vaudrait mieux ramer une galère,
Ou bien, pourrir, là-bas à l'ombre des cyprès,
Que de continuer à vivre, désormais !...

Qui donc nous donnera une aussi bonne bête,
Reprend l'autre, à quitter l'étable toujours prête,

Pour nous suivre, au printemps, tout le long des talus,
Ou dans le vallon sous les saules chevelus,
Au bord du clair ruisseau, qui court dans les prairies,
Parmi les boutons d'or et les herbes fleuries ?.....

Pauvre bête ! qu'il nous faudra vendre au boucher,
Et qu'on ne pourra plus, désormais, approcher !..

Ainsi, Suzon Brichet pleurniche et se lamente,
Tandis que le vieux Jean, à la tête branlante,
Assis près du foyer, sent frissonner son corps...
Or, on entend soudain, une voix au dehors,
C'est déjà le boucher qui vient chercher la vache.
De l'étable il la sort, et par le cou l'attache,
En l'entraînant, brutal, près de son char-à-bancs ;

Les deux vieux sont sortis aphones et tremblants,
La pauvre bête est là, qui tressaille et qui meugle,
On la voit trébucher, ainsi qu'un vieil aveugle.
Elle tourne vers eux, ses suppliants regards
Et s'éloigne, tandis que mornes et hagards,

Ils maudissent le sort de leur malheur, complice
Et songent en pleurant à la bonne nourrice,
Que l'on ne verra plus, dans les ombreux chemins,
Où naguère, en beuglant, elle léchait leurs mains.

BALLADE DU VIOLONEUX

Je suis un bon violoneux,
    Qui, le dimanche, à l'assemblée,
Sait se trémousser. Je suis vieux,
Et ma voix n'est pas trop fêlée ;
Mes doigts nerveux n'ont pas l'onglée ;
Arrière les airs langoureux !...
Pour égayer les amoureux,
Je joue une valse endiablée !

Je n'ai jamais le ventre creux,
Et vide plus d'une écuellée ;
Mon corps est toujours vigoureux,
Bien que ma face soit hâlée.

Et, quand vers la ferme isolée,
Avant le bal, je cours, joyeux,
En suivant les sentiers ombreux,
Je joue une valse endiablée !

J'ai cueilli des fruits savoureux ;
De ci, de là, dans la vallée,
Où plus d'une fille aux doux yeux,
Jadis, par moi, fût enjôlée.
Je savais les charmer d'emblée,
Maintenant, je fais de mon mieux,
Et, parfois, dans mes jours heureux,
Je joue une valse endiablée !...

ENVOI

O ménétrier loqueteux !
Qui dors sous la voûte étoilée,
Quand je songe à ton air piteux,
Je joue une valse endiablée !

CHANSON

LE printemps nous a surpris,
Les aubépins sont fleuris.

Pour l'hiver, vieillard morose,
Chantons un de profundis ;
Nos champs sont tout reverdis
L'air est pur, le ciel est rose.

Le printemps nous a surpris,
Les aubépins sont fleuris.

5

Floréal a mis des perles,
Sur les buissons d'églantiers,
Dès l'aube, dans les sentiers.
On entend siffler les merles.

Le printemps nous a surpris,
Les aubépins sont fleuris.

Un faucheux suspend sa toile,
Aux branches d'un vieil ormeau ;
Au bout de chaque rameau
On voit briller une étoile.

Le printemps nous a surpris,
Les aubépins sont fleuris.

Au bord de la source claire,
Qui clapote dans le val,
Plus d'un berger matinal,
En passant, se désaltère.

Le printemps nous a surpris
Les aubépins sont fleuris.

Par les blés, où l'alouette,
Babille, dès le matin,
Ma mie au regard lutin,
Va cueillir la pâquerette.

Le printemps nous a surpris
Les aubépins sont fleuris.

Sous un dais de vertes feuilles,
Lors, je lui fais mes aveux ;
Dans l'or de ses blonds cheveux,
J'accroche des chèvrefeuilles.

Le printemps nous a surpris
Les aubépins sont fleuris.

Et, sa voix paraît plus douce,
A mon cœur que les chansons,
Des bouvreuils et des pinsons,
Dans leur petit nid de mousse.

Le printemps nous a surpris
Les aubépins sont fleuris.

LA VIEILLE MAISON

A Philippe Gille

Sur le bord d'un chemin, au fond de la vallée,
J'ai revu ma maison qui paraît désolée,
Depuis le jour lointain, où j'ai quitté son toit :
Les enfants, maintenant, se la montrent du doigt,
Comme si le malheur était tombé sur elle.
On n'entend plus chanter la joyeuse hirondelle,
Quand revient le printemps, dans le jardin fleuri,
Où notre vieux lilas frissonne, rabougri.

La treille qui grimpait, le long de la muraille,
Dont le sombre crépi, se boursouffle et s'éraille,
Est morte ; et ses rameaux pourrissent sur le sol ;
Et la chauve-souris, le soir, y prend son vol.

L'araignée a tissé sa toile, sur la porte,
Où l'on voit, au soleil, grouiller plus d'un cloporte ;
Les murs sont lézardés, les planchers vermoulus ;
La fenêtre, depuis longtemps, ne s'ouvre plus,
Parfois, aux alentours, vient s'appuyer l'orfraie,
Dont la sinistre voix vous glace et vous effraie ;
Et, par les soirs d'hiver, lorsque siffle le vent,
On aperçoit, perché sur le bord de l'auvent,
Grave et méditatif, le hibou noctambule,
Dont l'œil phosphorescent luit dans le crépuscule...

Et la vieille maison semble garder le deuil,
Des joyeuses chansons qui vibraient sur son seuil,
Quand, de roses babys, un gai sourire aux lèvres,
Folâtraient, ainsi qu'un troupeau de jeunes chèvres,
Et que sur le gazon, ils prenaient leurs ébats,
Parmi les boutons d'or, à l'ombre des lilas ;
Tandis que, sous un chêne, à la branche flexible,
Je relisais Hugo, le Dante, ou bien la Bible.

Or, je songe parfois, à ces jours envolés,
Alors que le zéphyr babille, dans les blés,
. En me remémorant cette antique demeure,
Dont l'unique fenêtre, a l'air d'un œil qui pleure.

Mon cœur est comme une feuille,
Qui frissonne sous le vent ;
Quand le vieux loup va rêvant,
Dans la forêt qui s'endeuille.

Mon cœur est comme une fleur,
Qui se fane sur sa tige ;
Le papillon la néglige,
Et fuit devant sa pâleur.

Mon cœur est un bloc de marbre ;
Il est plus lourd qu'un boulet ;
Bien que semblable au fruit blet,
Qui se détache de l'arbre.

LE CHAT

Sous les verts peupliers, là-bas, près du lavoir,
A l'heure où les troupeaux viennent à l'abreuvoir,
Un soir, tout en suivant le vol de deux mésanges,
J'entendis, soudain, des miaulements étranges ;
Et, m'étant approché, je vis, dans le ruisseau,
Un pauvre petit chat, la tête hors de l'eau,
Qui se balançait, tel que font les acrobates,
En se cramponnant aux roseaux avec ses pattes.

Le rapide courant, l'entraînait, loin du bord,
Il miaulait, luttant dans un suprême effort,
Lorsque, je m'élançai, soudain, parmi les saules,
Dont les branches frôlaient ma tête et mes épaules,
Et puis, l'ayant saisi, je l'emportai, glacé,
Le corps tout frissonnant et le poil hérissé.....

Or, depuis ce temps là, je l'aime avec tendresse,
Il dort dans mon fauteuil, ronronne, me caresse ;
De la cave au grenier, il connaît ma maison,
Et, quand revient l'hiver, la morose saison,
Je vois briller, la nuit, dans mon alcôve sombre,
Ses yeux phosphorescents qui me fixent, dans l'ombre.

AUX PAYSANS DE MON PAYS

I

Hardi les beaux gars ; suivez la charrue,
Et, de l'aube au soir, déchirez les flancs
De la terre et sous la bise bourrue,
Derrière vos bœufs, marchez à pas lents !

Hardi les beaux gars ; la plaine est féconde,
Bravez l'aquilon ; ouvrez votre main,
Jetez sur le sol, la semence blonde,
Qui, dans les sillons, germera demain !

Hardi, laboureurs ! ô vaillante race,
Grâce à vos sueurs, le pauvre a du pain ;
J'entends croasser le corbeau vorace,
Qui, sur les guérets, cherche un petit grain !

Le voici là-bas, l'oiseau fatidique,
Tout vêtu de noir, tel qu'un croque-mort,
Il fixe sur vous un regard oblique,
Et semble narguer votre triste sort.

Mais, quand au printemps, verdira la terre,
Le lugubre oiseau cessera ses chants ;
Le blé qui nourrit l'humble prolétaire,
De ses blonds épis couvrira vos champs !...

II

Hardi les beaux gars ! la faux sur l'épaule,
Je vous vois passer, dès l'aube, en été ;
Le ciel vous sourit, le zéphyr vous frôle,
Et, dans les sainfoins, la caille a chanté !

Dans l'herbe des prés, brille la rosée,
Et près de la haie, où chante l'oiseau,
La belle Nanon, à la chair rosée,
Baigne ses pieds blancs, dans le clair ruisseau.

Ses cheveux sont blonds ; sa lèvre est vermeille,
Ses seins sont plus blancs que la fleur des lys ;
Le bruit de vos pas frappe son oreille,
Et l'on voit rougir ses traits si jolis.

Son cœur bat plus fort ; son œil étincelle,
Un léger frisson passe sur sa peau,
Puis, elle s'enfuit, comme une gazelle,
Là-bas, dans le val, où paît son troupeau.

Hardi les beaux gars ! déjà les faneuses
Chantent manœuvrant fourches et râteaux ;
Fermez d'un baiser leurs bouches rieuses,
Et poursuivez-les sur les verts côteaux !

III

Hardi les beaux gars, les blés, dans la plaine,
Frissonnent sous les baisers du soleil ;
Les vieux ont quitté leur bonnet de laine,
Et le chant du coq sonne le réveil !

Hardi les beaux gars ! partez à l'ouvrage,
Saluez, joyeux, le blond messidor,
Qui verse en vos cœurs espoir et courage,
Et couvre le sol de ses gerbes d'or !

Tandis que baignés d'un flot de lumière,
Parmi les épis, la faucille en main,
Vous marchez, l'on voit la jeune fermière,
Qui vient vous porter la soupe et le pain.

Elle accourt vers vous, souriante et leste,
Et sur le gazon pose son panier,
Hâtez-vous ! voici l'heure de la sieste,
Vous irez dormir sous un marronnier !

Hardi les beaux gars ! elle est vraiment belle,
Quand son pied mignon glissé dans l'aiguail,
N'effarouchez point cette tourterelle ;
Frottez votre pain d'une gousse d'ail !...

. IV

Hardi les beaux gars ! les blés-dans les granges
Sont rentrés ; et sur les côteaux jaunis,
Partez ; car voici le temps des vendanges,
Les grains du raisin sont déjà brunis !

Partez vendangeurs, aux flancs des collines,
Parmi les buissons de génevriers,
On entend vibrer des voix cristallines ;
Nos filles ont pris leurs plus grands paniers !

Elles ont chassé la grive gourmande,
Qui, dès le matin, venait picorer
Dans la vigne, où sur un lit de lavande,
Le jeune lapin aime à folâtrer.

Partez, préparez hottes et corbeilles,
Chargez les tonneaux sur les chariots ;
L'automne a mûri les grappes vermeilles,
Et le vin nouveau va couler à flots.

Hardi les beaux gars ! bientôt dans la cuve,
Vous viendrez goûter le nectar divin ;
Vos cœurs flamberont ainsi qu'un Vésuve,
Hardi les beaux gars et vive le vin !...

RETOUR DE FOIRE

A Emile du Tiers.

MAI, le mois des lilas et des blancs aubépins,
A réveillé les nids dans les bois de sapins,
Où les roux écureuils, sautent de branche en branche ;
Et la belle Marie a mis sa coiffe blanche,
Qu'on aperçoit, de loin, ainsi qu'un pavillon,
Et qui paraît semblable au léger papillon,
Déployant dans l'azur, ses deux ailes de moire.

Jacques, son amoureux, l'accompagne à la foire,
Ils ont vu le musée et les chevaux de bois ;
Tom-Pouce, Riquiqui, les clowns à l'air narquois,
Zabul, le chien savant, qui sait jouer de l'orgue,
Le grand pélican blanc, l'Hercule, plein de morgue,
Sans oublier Bidel et son orang-outang ;
Puis, ils se sont assis, tous les deux, sur un banc,
Dans le coquet jardin qui domine la Brèche,
En contemplant, rêveurs, Notre-Dame et sa flèche.
Sur la place, on entend des cris assourdissants
Dans les rues, au soleil, s'ébattent les passants.

Et, voici que soudain Jacques dit à Marie :
« Hâtons-nous ; le jour fuit, ma belle, je t'en prie,
Quittons le champ de foire et prenons le chemin
Du village ; partons, je serrerai ta main
Dans la mienne, en longeant les rives de la Sèvre,
Et sur ta joue en fleur je poserai ma lèvre....

Viens, j'aperçois là-bas, les filles de Bonneuil,
Et les gars d'Echiré, de la Roche et du Breuil,
En Route ! nous irons, si tu veux, par les sentes,
Où nous pourrons ceuillir des muguets et des menthes ;
Nous serons de retour, chez nous, avant la nuit... »

6

Or, la belle Marie, en souriant le suit.
Bientôt ils ont franchi les portes de la ville,
Sur l'herbe des sentiers, ils vont d'un pas tranquille,
Et s'arrêtent, parfois, le cœur rempli d'amour.
Le chant du rossignol vibre au déclin du jour,

On voit au firmament scintiller une étoile ;
Et tandis que la nuit, partout, étend son voile ;
Et que montent des champs, des bruits mystérieux ;
Ils marchent lentement, rêveurs, silencieux,
Et quand leur passion ne connaît plus de bornes,
A l'horizon, Phœbé leur montre ses deux cornes.

AU PAYS MOTHAIS

A M. E. Giraudias.

L E pays Mothais est en fête,
La cloche tinte : dig, din, don,
A danser un gai rigodon,
Déjà plus d'un couple s'apprête.

Sous leurs plus séduisants atours,
Chacun admire vos rosières ;
Vos maisons sont hospitalières,
On se l'est dit aux alentours.

Puis, vous avez exquis fromages,
Ecrevisses et cœtera ;
De votre fête on parlera,
Pendant six mois dans nos villages.

Chaque galant veut acheter,
Une bonne fouasse beurrée ;
C'est pour sa brunette adorée,
Ce soir il ira lui porter.

Des bords de la Sèvre Niortaise,
A la forêt de l'Hermitain,
Le teint frais, le regard lutin,
Vous verrez venir la Mothaise.

C'est la fleur de notre Poitou,
Et je n'en sais point de plus belle,
Avec sa coiffe de dentelle,
Et la croix qui brille à son cou.

Les rosières, en robe blanche,
Ont attiré tous les regards...
Ils sont accourus les beaux gars,
De Goux, d'Exoudun, de Fomblanche !

Ils sont partis, dès le matin,
Sous le clair soleil qui flamboie;
Et maintenant ils sont en joie
Car voici l'heure du festin !

D'aucuns ont fait plus d'une lieue,
Et marché d'un pas diligent ;
De belles agrafes d'argent
Reluisent sur leur blouse bleue !

Regardez, comme ils sont heureux,
Sur votre place ensoleillée ;
Ils ont tous la mine éveillée,
Sont-ils charmants, vos amoureux !

Bientôt, au sortir de l'église,
Un éclair d'amour dans les yeux,
Ils s'avanceront, curieux.
Et chacun suivra sa payse !

« Dansons un tra deri dera,
Dit le galant à sa Mothaise,
Pour pouvoir t'aimer à mon aise,
L'an prochain l'on nous mariera !

Si l'on te choisit pour rosière,
Le beau couple que nous ferons ;
Comme nous nous amuserons
Durant une semaine entière !

Va, mie, en dépit des jaloux,
Nous aurons une chèvre blanche,
Et, nous irons, chaque dimanche,
Nous promener jusqu'au Fouilloux..... »

LA BOUTONNE

Au pied d'un vieux manoir où vécut Malesherbes,
La Boutonne, aux flots clairs, sous les verts peupliers,
Coule dans le vallon, parmi les hautes herbes.

Partout, aux alentours, folâtrent les béliers,
Sur le gazon, quand au printemps, dans la prairie,
Floréal a semé des perles, par milliers.

Et, les petits bergers, sur la berge fleurie,
S'amusent à souffler dans de grêles roseaux,
Avant de regagner, le soir, la métairie.

De l'un à l'autre bord, inclinés sur les eaux,
Des saules chevelus entrelacent leurs branches,
Et l'oie et le canard rêvent sous leurs arceaux.

Parmi les nénuphars, les goujons et les tanches
Etalent au soleil leurs nageoires d'argent,
Et l'on voit osciller le pont de vieilles planches,

Quand le meunier, aux bras nerveux, chante en chargeant
La farine et le blé sur son lourd véhicule,
Que traîne son mulet, robuste et diligent.

Et, quand, parmi les joncs, la svelte libellule,
S'endort au gai babil de son flot cristallin,
On entend la chanson du crapaud noctambule,

Dont la plaintive voix, vibre autour du moulin.

MA PAYSE

I

JE veux chanter ma payse,
Une brunette au teint frais ;
De celles que je connais,
Ce n'est pas la moins exquise.

Avec son joli minois,
Et sa taille rondelette ;
La belle est un peu coquette,
Et son sourire est narquois.

Sa gorge est une merveille,
Et son corps un vrai bijou,
Vous chercheriez n'importe où
Pour rencontrer sa pareille.

J'aime son rire argentin,
Son œil luit comme une braise ;
Sa joue embaumant la fraise
A la douceur du satin.

Sa petite maisonnette,
Est bâtie, au bord de l'eau ;
J'entends son babil d'oiseau
Parfois, en pêchant l'ablette.

Elle aura ses dix-huit ans,
Aux premiers jours de l'automne ;
Partout sa grâce rayonne,
Comme un soleil de printemps.

II

Sur la place de l'église,
Où les gars sont rassemblés,
Avec ses airs endiablés,
Que j'aime à voir ma payse !

Accourez, les amoureux !
Car, c'est aujourd'hui dimanche ;
Elle a mis sa robe blanche,
Et des fleurs dans ses cheveux.

Je lui dis : Bonjour Suzette,
Que ton regard est troublant ;
Je veux être ton galant,
Faisons un brin de causette !

Lors, sans le moindre embarras,
Elle m'écoute, surprise ;
Et sa douce voix me grise,
Comme un flacon d'hypocras !

Hardi les gars et les filles !
Clame le violoneux,
Les couples ; en avant deux !
Dansez valses et quadrilles !

Allons donc ! trémoussez-vous ;
Il s'essouffle, il gesticule,
Et parmi nous il circule,
Pour recueillir nos gros sous !

Sous l'archet, la corde grince,
Mais qu'importe ; c'est charmant,
Suzette, allons-y gaîment,
Je suis heureux comme un prince !

Oh ! que tes baisers sont doux !
Allons-y gaîment, payse !
Ta lèvre est une cerise,
Ma Suzette : embrassons-nous !

REMEMBRANCE

A André Lemoyne.

Devant l'âtre qui flambe, aux lueurs des tisons,
Alors que l'on entend, sur le toit des maisons,
Sous la bise d'hiver, grincer les girouettes.
J'ai rêvé, bien des fois, seul, les lèvres muettes.
J'écoutais tristement dans un coin du foyer,
Le cri-cri d'un grillon, qui semblait s'égayer,
Comme au temps où la terre avec sa robe verte,
S'étalait au soleil de diamants couverte.
Et puis, je revoyais avec ses cheveux blancs,
Mon aïeul, qui, par les blés, suivait à pas lents,

Les moissonneurs courbés sur la glèbe brûlante,
Où, la faucille en main, la face ruisselante,
Ils travaillaient, dès l'aube, au milieu des épis,
Avant d'aller dormir sur un moelleux tapis,
A l'ombre des ormeaux, parmi les hautes herbes,
Ou, dans un coin du champ, près d'un monceau de gerbes.
Et, tout en évoquant ces souvenirs lointains,
Un éclair s'allumait dans mes regards éteints.
Je sentais, dans mon cœur, une douleur soudaine,
Je revoyais les blés, ondulant dans la plaine ;
Les gars laborieux, avec leurs bras velus,
Et les grands bœufs, broutant le gazon des talus.
Je voyais, au soleil scintiller les faucilles,
J'entendais, dans le val, le gai refrain des filles,
Lorsque, vers la maison, pour le repas du soir,
Nous revenions, joyeux, le cœur rempli d'espoir,
En écoutant, au loin, la chanson d'un vieux pâtre.....

Et, toujours le cri du grillon vibrait dans l'âtre !

LA CHANSON DES FILEUSES

A Angelin Ruelle.

TOURNE, tourne, mon fuseau,
Mon gars dort dans son berceau !

Dors, mon petit gars, la neige
Tombe, tombe, sur le toit ;
Le sombre hiver nous assiège.
Mon gars, je veille sur toi !

Or, mon fuseau tourne, agile,
Et mes doigts tremblent un peu,
En rêvant à ton œil bleu,
Non loin de l'âtre, je file.

Tourne, tourne, mon fuseau,
Mon gars dort dans son berceau !

La neige qui tourbillonne,
Couvre partout les sillons ;
Et le petit gueux frissonne,
Grelottant sous ses haillons.
Hélas ! la chandelle est morte,
Et le village est couché,
Il marche le corps penché
Et s'en va, de porte en porte.

Tourne, tourne, mon fuseau,
Mon gars dort dans son berceau !

Dors, ô mon cher petit ange,
Le vent hurle, dans la nuit.
Nul ne veut ouvrir sa grange
Au vagabond qui s'enfuit.

Il dormira sous la bise,
Pour ne plus se réveiller.
Dors, sur ton doux oreiller,
Je te file une chemise !

Tourne, tourne, mon fuseau,
Mon gars dort dans son berceau !

Dors, aux prochaines pervenches,
Sous le clair soleil d'avril ;
Quand les aubépines blanches,
Fleuriront dans le courtil,
Nous irons dans la prairie,
Près du ruisseau cristallin,
Qui fait tourner le moulin,
Jouer dans l'herbe fleurie.

Tourne, tourne, mon fuseau,
Mon gars dort dans son berceau !

J'emporterai ma quenouille,
Là-bas, sous les peupliers,
Pour voir sauter la grenouille,
Et gambader les béliers ;

Et, pour compléter la fête,
Un folâtre papillon,
Aux ailes de vermillon,
Frôlera ta blonde tête.

Tourne, tourne, mon fuseau,
Mon gars dort dans son berceau !

VA-NU-PIEDS

A Jos Parker.

C'EST au bord d'un chemin que nul arbre n'abrite,
Les petits va-nu-pieds soufflant sous la marmite,
Qui bout sur un feu clair de branches de sapin,
Cherchent dans leur bissac un dur croûton de pain.
Une femme, en haillons, et qui paraît très belle,
Les contemple, avec un enfant à la mamelle.
C'est leur mère ; l'aîné n'a pas encore douze ans,
Leur joue est pâle et leurs petits yeux sont luisants.
Ils sont graves sous leur chevelure en broussaille ;
Car, sans trève, une faim horrible les tenaille,
Ils ont couru les bourgs, les hameaux, les chemins,
Et devant les passants ils ont tendu les mains,

Sans pouvoir rapporter quelques sous à leur mère,
Qui, près du chariot qui leur sert de maison,
Berce, sur ses genoux, son petit nourrisson.
Or, quand bientôt la nuit tombera sur la plaine,
Les petits va-nu-pieds vers la ferme prochaine,
L'air sombre, en gémissant marcheront à grands pas,
Mendier un morceau de pain pour leur repas.....

CHANSON DE PRINTEMPS

LA pâquerette est fleurie,
  La prairie
Est pleine de diamants.
Allons courir ma Suzette,
  Sur l'herbette,
Le soleil rit aux amants !

Allons par les vertes sentes,
  Où les menthes
Et les odorants muguets

Ouvrent leurs clochettes blanches,
Sous les branches,
Où s'étirent les orvets !

Allons cueillir l'églantine ;
L'aubépine
Embaume la haie en fleur ;
J'entends chanter la mésange,
Viens, mon ange,
J'ai le printemps dans mon cœur !

Allons au bord des fontaines,
Sous les frênes
Babille le rossignol.
Laissons lui finir sa gamme,
Il se pâme,
Do, mi, ré, la, si, do, sol !

Allons rêver dans les herbes,
Où superbes,
Les grands bœufs sont accroupis ;
Viens cueillir la scabieuse,
Sous l'yeuse,
Ou parmi les blonds épis !

Partons, sur un lit de mousse,
Ta voix douce
Me redira sa chanson ;
Et j'apaiserai ma fièvre,
A ta lèvre,
Encor un baiser Suzon !

LE PAYSAN PAUVRE

A Charles le Goffic.

LE paysan m'a dit : La récolte a péri,
Nos champs sont dévastés ; j'ai vu tomber la grêle.
Je suis comme un oiseau dont on a coupé l'aile,
Mon cœur saigne et mon front soudain s'est assombri !....

Le paysan m'a dit : J'ai vu mourir ma femme,
Qui travaillait aux champs et m'aidait de son mieux,
Et depuis j'ai pleuré tous les pleurs de mes yeux,
Et c'est comme si l'on m'avait arraché l'âme !

Le paysan m'a dit : J'ai perdu mon garçon,
Un gars laborieux et solide à l'ouvrage ;
Je n'ai plus, désormais, ni force ni courage,
Et je ne verrai point la prochaine moisson !

Le paysan m'a dit : je n'ai plus qu'une vache,
Qui se meurt sur la paille et bientôt va finir,
Après un tel malheur, que vais-je devenir ?
Je n'ai plus ici-bas, rien à qui je m'attache.

Or, je vais maintenant payer mes créanciers,
Qui, d'ici quelques jours, chez moi, pourront tout vendre,
Ma chaumière, mes champs......
                        Hélas ! je vais me pendre !
Je ne serai plus là quand viendront les huissiers !

LE PAYSAN RICHE

A Jean Rameau.

L E paysan m'a dit : Mes moissons sont superbes,
Dans ma grange bientôt je rentrerai mes gerbes,
Le grain fera ployer les poutres des greniers ;
Et je récolterai des fruits à pleins paniers.....

J'ai trois paires de bœufs, cinq juments poulinières,
Des chèvres, des brebis, et trois vaches laitières,
Ma truie est pleine, à la foire de la Saint Jean,
J'échangerai ses porcs contre un gros sac d'argent.
Ma femme a le teint frais ; elle est forte, avenante,
Et son travail me vaut celui d'une servante,

Mon gars n'est plus soldat et remplace un valet,
Croyez-moi, ce n'est point un frêle gringalet !...
Ma fille a dix-huit ans ; elle est douce, elle est belle,
Puis, elle sait parler comme une demoiselle
De la ville. Nos gars en sont tous amoureux ;
Mais, ce friand morceau, certes, n'est point pour eux ;
Jeanne veut épouser un huissier, un notaire...
Mais au diable la dot ! je veux garder ma terre !....

A SUZETTE

O Suzette ! tes seins sont plus blancs que le lait
De tes chèvres, qui vont broutant le serpolet,
Sur le flanc des coteaux que la rosée irise,
Au radieux printemps quand fleurit le cytise.

Sous tes longs cils tes yeux sont comme deux bleuets;
Et j'aime leur regard aux chatoyants reflets....

Ta joue a l'incarnat velouté de la rose,
Et mon baiser, comme une abeille d'or, s'y pose.
Et ta lèvre est la coupe où mon cœur altéré
D'amour, plus d'une fois déjà s'est enivré...

MA PETITE VOISINE

A René Guyet.

ELLE avait dix ans ; moi, j'en avais douze,
Et, je me souviens de ces jours lointains,
Où, pour égayer nos jeux enfantins,
Je lui rapportais des nids sous ma blouse.

Nous étions voisins et notre maison,
Au bord du chemin, touchait à la sienne ;
Je la vois encor ouvrant sa persienne,
Où, parfois vibrait sa douce chanson !

Elle répondait au nom de Suzanne,
Et son œil avait l'éclat du ciel bleu ;
Son joyeux babil m'amusait un peu,
Et j'aimais son teint frais de paysanne.

Je la rencontrais au fond de la cour,
Et puis nous jouions sur un banc de pierre,
Non loin d'un vieux mur tapissé de lierre,
Où l'oiseau chantait, dès le point du jour.

Et, dans le jardin, le long d'une haie,
Où le clair soleil dardait ses rayons,
Nous courions après les bleus papillons,
Que nous poursuivions jusqu'à l'oseraie.

Nous nous arrêtions au bord du ruisseau,
Et rêvions assis à l'ombre des saules :
Leurs branches, parfois, frôlaient nos épaules ;
Des poissons d'argent nageaient à fleur d'eau.

Et, dans la prairie où broutait sa vache,
Parmi les muguets et les boutons d'or,
Un martin-pêcheur prenait son essor,
Agitant sa queue, ainsi qu'un panache.

Des bouvreuils sifflaient sur les églantiers,
Et prenaient leur vol en rasant nos têtes ;
De petits bergers caressaient leurs bêtes,
Tout en revenant par les verts sentiers.

Les taureaux beuglaient; poulains et cavales
Gambadaient joyeux devant les troupeaux ;
Aux creux des fossés chantaient les crapauds,
Et l'on entendait le cri des cigales...

Suzanne marchait toujours près de moi,
Tout en relevant sa jupe d'indienne,
Sa petite main tremblait dans la mienne ;
Puis, elle riait sans savoir pourquoi.

Elle m'embrassa quand nous nous quittâmes ;
Des larmes brillaient dans son clair regard...
Je ne la revis que dix ans plus tard,
Et d'autres amours vivaient dans nos âmes !...

Mais, depuis souvent aux heures d'ennui,
J'évoque Suzanne à la lèvre rose...
Tel qu'un ver luisant au sein d'une rose,
Son doux souvenir dans mon cœur a lui...

LES DEUX COMPAGNONS

A Charles Fuster.

JE les avais, naguère, achetés dans les foires,
Ils étaient doux et forts avec leurs cornes noires ;
Et je les admirais sous le joug accouplés,
Les naseaux écumants et les reins bien musclés.
Sobres, laborieux, robustes et dociles,
Je les accompagnais dans nos plaines fertiles, .

Et marchais derrière eux en suivant leur sillon,
Sans jamais les frapper avec mon aiguillon.
En automne, en hiver, sous la bise bourrue,
De l'aube jusqu'au soir ils traînaient la charrue.

Ils allaient d'un pas sûr, diligent, régulier,
Et le son de ma voix leur était familier.
Le matin, dans la cour, quand nous quittions la ferme,
Ils s'approchaient de moi, me léchaient l'épiderme,
Tandis qu'à l'horizon se levait le soleil.
L'un s'appelait Brichet, l'autre avait nom Vermeil ;
Jamais le foin nouveau ne manqua dans leur crèche,
Ils reposaient la nuit sur la litière fraîche,
Et folâtraient, parfois, sur le bord des ruisseaux.
Là bas, dans le vallon, à l'ombre des ormeaux...

Or, Brichet s'abattit un jour dans les broussailles,
Je m'en souviens c'était vers le temps des semailles ;
Après l'avoir saigné sur le bord du chemin,
Il nous suivit ; mais il mourut le lendemain.
Oh ! les mugissements de Vermeil, dans l'étable !
Ce souvenir dans mon cœur est ineffaçable...
Il s'approcha du mort, sombre, mystérieux,
Et des larmes, soudain, jaillirent de ses yeux.

Il demeura trois jours étendu sur la paille,
L'œil morne, dans un coin, au ras de la muraille.
Et de faim, de douleur, il mourut à son tour
En songeant à son vieux compagnon de labour...

LE PETIT CERCUEIL

A Jean Bernard.

JE n'ai pas oublié Jean, le vieux menuisier,
Qui, jadis me montrait, quand j'étais écolier,
Comment on fait glisser le rabot sur la planche ;
Et je revois encor sa longue barbe blanche,
Qu'il laissait croître, à son menton, avec orgueil.
Nul autre ne savait chez nous faire un cercueil ;
Aussi, depuis longtemps c'était là son ouvrage,
Et lui seul travaillait pour les morts, au village....

Il aimait son métier, et du matin au soir
Chantait ; comme il était compagnon du devoir,
On voyait dans un coin près de sa cheminée,
Au milieu des outils sa canne enrubannée,
Qu'il nous montrait avec des regards triomphants.

Or, le vieux compagnon adorait les enfants ;
Aussi, chaque jeudi, dans l'étroite boutique,
Venions nous admirer le compas symbolique,
Tandis qu'il manœuvrait la scie ou le rabot...

J'y conduisis souvent la petite Margot,
Ma voisine, une enfant de sept ans, blonde et rose
Dont la lèvre était comme un frais bouton de rose,
Que l'on voit s'entrouvrir au radieux soleil...
Avec nous le vieux Jean se tenait en éveil,
Margot l'interrogeait :

        « A quoi sert donc la boîte,
Que tu fais là vieux Jean ; l'ouverture est étroite,
Et très longue ? »

      Le vieux répondait : »

           Pauvre enfant
Ne me questionne pas ; le bon Dieu me défend,

D'apprendre aux tout petits, le mystère des choses,
Il ne faut point, vois-tu, troubler vos rêves roses !... »

Et Margot se taisait ; or, voici qu'un matin,
Comme je revenais de jouer, l'air lutin,
Une femme en passant me dit : Margot est morte !
Et, comme le vieux Jean venait-d'ouvrir sa porte,
Je la vis s'arrêter, un instant, sur le seuil,
Et le soir j'aperçus un tout petit cercueil,
Où le vieillard clouait une dernière planche,
Tandis que brillaient des pleurs dans sa barbe blanche.

LE VIEUX CURÉ

A Ferdinand Fabre.

EN revenant des champs, hier, j'ai rencontré
Dans un étroit chemin un pauvre vieux curé,
Qui marchait lentement s'appuyant sur sa canne.
La bise qui soufflait relevait sa soutane,

Découvrant ses souliers aux boucles de métal ;
Et, j'ai songé soudain au village natal,
Où s'écoula jadis ma jeunesse ingénue ;
Puis, à notre doyen, à la tête chenue,
Qui parfois s'embrouillait au milieu du sermon,
Et nous parlait toujours du grand roi Salomon,
Chaque jeudi, quand nous suivions le catéchisme...

Il n'avait que très peu pratiqué l'ascétisme,
Ce vieillard grassouillet, au teint frais, rubicond,
Qui pourtant visitait le pauvre moribond ;
Et que l'on vit souvent quitter son presbytère,
Pour s'en aller au loin remplir son ministère,
Suivi de Barrabas, son chien essorillé,
Qui marchait, devant lui, sur le gazon mouillé...

Oh ! le bon vieux curé ! que j'aimais son sourire,
Quand dans la sacristie il m'apprenait à lire
Les psaumes que je lui récitais en latin.
Distrait, je relevais la tête, l'œil lutin,
Pour suivre dans son vol, au bord de la fenêtre,
Un papillon d'azur, et, tandis que le prêtre
Ecoutait la chanson d'un moineau dans son nid,
En contemplant rêveur un vieux Christ, tout jauni,

Barrabas sommeillait assis sur son derrière.
Et quand notre doyen laissait sa tabatière
Sur la table ; sournois, espiègle, vaurien...
Je fourrais du tabac dans le nez de son chien !...

LA CHANSON DES GERBES

A Robert Bernier.

Dans la plaine, où, sous le soleil,
En été, chante la cigale,
Plus d'un coquelicot vermeil
Dans l'herbe fièrement s'étale.

C'est comme une goutte de sang,
Qui, sur chaque sillon, rutile ;
Et l'épi déjà jaunissant
Incline sa tête, immobile.

Tel qu'un vieux lion messidor,
De sa flamboyante crinière,
Laisse tomber des rayons d'or ;
Et tout sourit dans la lumière.

L'oiseau qui chantait dans les bois
S'endort lassé sous la feuillée ;
Et le scarabée aux abois
S'est blotti dans l'herbe mouillée.

Les noirs grillons au cri strident,
Dans un bruissement d'élytres,
Nous chantent un air discordant ;
C'est comme un orchestre de pîtres.

Or, dès l'aube je vais, rêveur
Parmi les blés lourds et superbes,
Et là, j'écoute avec ferveur
La magique chanson des gerbes.

Je les aperçois sur le sol,
Comme des soldats alignées ;
Et des mouches prennent leur vol
Pour échapper aux araignées...

Je m'arrête au milieu d'un champ,
Et m'endors en lisant la prose
De Daudet toujours pleurnichant
Sur les malheurs du Petit Chose.

Et voici que j'entends des voix,
Qui semblent sortir de la terre
Et disent : apprends aux bourgeois
Qu'il faut du pain au prolétaire...

Qu'il faut que chacun ait sa part
Du sol que son travail féconde ;
Et que les riches, sans retard,
Songent aux pauvres de ce monde.

Ce n'est point seulement pour eux
Que la vieille terre est fertile ;
Car sans les bras des malheureux
Leur champ serait bientôt stérile.

Poète ! écoute nos chansons,
Et dis-leur que le temps est proche
Où, blêmes avec des frissons,
Ils devront manier la pioche »..!

NANON ET SA VACHE

A Victor Billaud.

LA petite Nanon, à la rose frimousse,
A conduit dans le val herbu sa vache rousse,
Qui broute le gazon sous les grands peupliers.
Les chèvres, les agneaux, les boucs et les béliers,
Dans les ombreux sentiers, parmi les vertes mousses,
Folâtrent et s'en vont broutant les jeunes pousses,
Tout le long des taillis épais et des buissons,
Où merles et linots égrènent leurs chansons.

Nanon aura douze ans aux prochaines vendanges ;
Son fichu de velours est tout garni de franges,
Et sa coiffe lui sied certes mieux qu'un chapeau ;
Sa joue a la fraîcheur d'une rose, sa peau
Est blanche comme un lys que vient frôler l'abeille ;
Et sa bouche est à la fraise des bois pareille,
Quand au soleil de mai le matin dans l'aiguail,
Elle brille comme une perle de corail....

A l'ombre d'une haie en fleur elle est assise,
Et dans ses blonds cheveux que caresse la brise,
Elle a mis des bleuets et de blancs liserons...
Sa vache rousse est là, dans l'herbe ; ses yeux ronds
Qui vous fixent parfois avec mélancolie,
Sont doux ; et de bon lait sa mamelle est remplie.
Ses cornes sur son front forment comme un croissant,
Or, elle suit l'enfant d'un regard caressant ;
Et, quand de son côté Nanon tourne la tête,
On voit soudain briller les doux yeux de la bête.

JEAN-CLAUDE

A Jean Philippe.

J'AI connu dans mon village,
Un petit gars de mon âge,
A l'œil vif, au clair regard,
Qui faisait la cabriole
En se rendant à l'école,
Et jouait sous notre hangar.

Joyeux, d'humeur vagabonde,
Je revois sa tête blonde,
Ses longs cils, son teint vermeil,
Ses yeux pareils aux pervenches,
Qu'on voit fleurir sous les branches,
Aux clairs rayons du soleil.

Vêtu d'une blouse noire;
Chacun connaissait l'histoire
De Jean Claude, le bâtard,
Qui gambadait sur la mousse,
Avec sa rose frimousse,
Sémillant comme un lézard.

Il avait dix ans ; sa mère
Etait pauvre et la misère
Semblait s'acharner sur eux.
Et plus d'une fois Toinette
Qui portait blanche cornette,
Se coucha l'estomac creux.

C'était une humble ouvrière,
Et je revois sa chaumière
Avec son toit infléchi,
Ses murs branlants que le lierre
Recouvrait ; son seuil de pierre
Que le deuil avait franchi !

Je revois la vieille treille,
Où pendait lourde et vermeille,
Parmi les pampres jaunis,

La grappe, quand les mésanges
Qui rôdent autour des granges,
Ont abandonné leurs nids !

Je revois la pauvre femme,
Qui gardait toujours dans l'âme
La tristesse des oublis ;
Dans le jardin, où l'abeille,
Quand le village s'éveille,
Bourdonnait autour des lys !

Elle était frêle, sa lèvre
Etait blêmie et la fièvre
Avait assombri son front
Qui restait grave et morose,
Alors qu'autour d'une rose,
Des mouches dansaient en rond !

Hélas ! la pauvre martyre,
N'avait jamais un sourire,
Pour son cher petit garçon,
Qui, malgré sa triste vie,
Avait l'âme réjouie,
Et chantait comme un pinson.

A la saison des cerises,
Quand, sous les baisers des brises,
Fleurissent les orangers ;
Parfois, le petit Jean Claude,
Dès l'aube, allait en maraude
Et ravageait les vergers !

Il courait sous les ramures,
Barbouillé du sang des mûres,
Qu'il dérobait aux buissons.
Puis, il s'amusait, folâtre,
Dans la prairie où le pâtre
Le soir redit ses chansons.

Tout en croquant la noisette,
Sa fragile escarpolette,
A la branche d'un ormeau,
Se balançait dans l'espace,
Tandis qu'un merle loquace
Sifflait sur un vert rameau.

Chaussé de lourdes galoches,
L'hiver, les mains dans ses poches,
Il arpentait les guérets ;

Où, sous la pluie ou la neige,
Souvent il prenait au piège
Des pies et des sansonnets.

Avec sa mine éveillée,
Il suivait à la veillée
Les vieilles aux cheveux blancs ;
Qui, près d'un bon feu de houille,
Causaient, filant leur quenouille,
En chauffant leurs doigts tremblants.

Le vent soufflait dans les brandes ;
Elles contaient les légendes
Des fées et des farfadets.
Et Claude ouvrait ses oreilles,
Pour écouter ces merveilles,
Dans un coin, près des chenets !

Et devant la vieille église,
En octobre, sous la bise,
On le voyait grelottant,
Qui jouait à la marelle ;
Puis, il guettait la sarcelle,
Le soir, au bord d'un étang.

Il adorait la rivière,
Où chantait la lavandière,
Et parmi les nénuphars,
Avec une adresse insigne
Il savait prendre à la ligne
Les ablettes et les dards !...

Or, Toinette étant malade,
Certain soir mon camarade
Fut agité d'un frisson ;
Quand sur le seuil de sa porte,
On lui dit : Ta mère est morte,
D'où reviens-tu, polisson ?

Il entra : près de l'armoire,
Un prêtre à la robe noire,
Récitait une oraison ;
Et les voisins, les voisines,
Avec des mines chagrines,
Sanglotaient dans la maison !

Puis, à la lueur d'un cierge,
Entre les rideaux de serge,
Il aperçut sur le lit,

Sous les plis d'un blanc suaire,
Le cadavre de sa mère,
Et son visage pâli !

Et, sa douleur fut si forte,
Qu'il s'élança sur la morte,
Se cramponnant à son cou...
Il baisa sa lèvre froide,
Le corps était déjà roide,
Jean-Claude hurlait comme un fou !

Et puis, il suivit la bière
Qu'on portait au cimetière ;
Sous ses vêtements de deuil,
Il vit la fosse béante
Où sur la corde grinçante
On descendit le cercueil !...

. . . .

Le lendemain, sous un saule,
Un meunier avec sa gaule
Retira d'un œil hagard,

De l'eau couleur d'émeraude,
Le cadavre de Jean-Claude,
De Jean-Claude le bâtard !...

LA VIEILLE BERGÈRE

A M. Henri Caillon.

Au premier chant du coq, quand la ferme s'éveille,
Quand déjà l'horizon d'une lueur vermeille,
Se colore et qu'au loin dans l'ombre des sentiers,
Les grives ont quitté les buissons d'églantiers,
Et les bois dépouillés de leurs vertes ramures,
Pour s'abattre parmi les ceps aux grappes mûres,
Sur les coteaux où dès que paraît le matin,
Le lièvre vient brouter la lavande et le thym.

Sur le faîte du toit, de blanches tourterelles,
Roucoulent en battant joyeusement des ailes.
On entend, dans la cour, le coin coin des canards,
Le glou glou des dindons et les appels des jars.

Puis, non loin d'un vieux puits, à la margelle usée,
Sur un lit de gazon où brille la rosée,
Un chien dresse l'oreille, en aboyant soudain,
Et s'élance bientôt, plus agile qu'un daim,
Car la bergère est là, sur le seuil de l'étable,
Qui, tout près d'un vieux bouc à l'aspect vénérable,
Rassemble ses brebis et ses jeunes agneaux,
Ses chèvres, ses béliers, ses porcs et ses chevreaux.

Elle est maigre et courbée et son vieux corps frissonne,
Sous la bise cinglante et froide de l'automne,
Qui lui glace les os et lui gerce la peau.
Cependant qu'elle suit, l'œil morne, son troupeau,
Et tandis que son chien, sur les talus, gambade,
Elle marche rêveuse et le regard maussade,
Derrière ses béliers à la blanche toison.
Et lorsque le soleil paraît à l'horizon,
Illuminant les champs, les coteaux et la plaine,
Elle grelotte encor sous sa cape de laine.

LES RAMEAUX

A Sully Prudhomme.

Tous, au premier appel de la cloche argentine,
Après avoir coupé quelques branches de buis ;
S'en vont par les sentiers où fleurit l'aubépine,
Et marchent vers le bourg où rêveur je les suis.

Car, chacun, ce jour là, veut entendre la messe,
Et porter à ses morts quelques rameaux bénits ;
Tout le long du chemin, on se hâte, on se presse,
Tandis que les oiseaux gazouillent dans leurs nids.

C'est le jour des Rameaux ; la foule est accourue
A l'église, où déjà chante le sacristain ;
Le laboureur, dès l'aube, a quitté sa charrue,
Et les vieilles ont mis leur cape de drap fin.

Devant le porche, sous les tilleuls séculaires,
Des paysans groupés bavardent au soleil ;
Les vieux aux cheveux blancs parlent de leurs affaires,
En regardant passer les gars au teint vermeil.

Mais, lorsque le curé récite l'évangile,
Et répète le cri du Christ aux cheveux roux.
On les voit s'approcher soudain du péristyle,
Et tous, le front courbé, se mettent à genoux.

Puis, sous les noirs cyprès, dans le vieux cimetière,
Dans l'herbe agenouillé, parmi les pissenlits.
Pensif, je vais comme eux rêver sur une pierre,
Où tous ceux que j'aimais dorment ensevelis.

C'est là que gît le corps de mon pauvre grand-père,
Doux vieillard qui, jadis, me guidait par la main,
Et qui, plus d'une fois, essuya ma paupière,
Alors que je pleurais sur le bord du chemin.

C'est là, sous le gazon, constellé de pervenches,
Que dort la blonde enfant dont je porte le deuil,
Cher ange que je vois entre les quatre planches,
Me souriant encor dans son petit cercueil.

Des femmes près de moi, sanglotent ; la prière
De leurs lèvres jaillit et monte vers le ciel :
Car, pour elles l'esprit survit à la matière,
Leur cœur est plein d'espoir et leur âme est sans fiel.

O morts ! que je connus en ma prime jeunesse ;
La terreur du néant me poursuit en tout lieu.
Je suis sombre ; ma vie est pleine de tristesse :
Ah ! que ne puis-je hélas ! encore croire en Dieu !...

LA MORT D'UN GUEUX

A Ed. d'Haraucourt.

Le soleil de juillet a tari les fontaines,
Incendiant le ciel et jaunissant les plaines,
Il pompe la rosée et brûle les sillons.
Ruisselants de sueur et couverts de haillons,
Sur la grand'route, dans l'aveuglante lumière,
Les gueux s'en vont pieds nus, marchant dans la poussière,
Qui tourbillonne autour d'eux dans l'air étouffant.
La femme sur son dos porte un petit enfant,

Frêle, maigre, chétif, et rongé par la fièvre,
Qui fait claquer ses dents et convulse sa lèvre,
Et répand sur son front la pâleur de la mort....
Ils allongent le pas, dans un dernier effort..
Au loin, on aperçoit les portes de la ville ;
Où le pauvre petit pourra dormir tranquille,
Tandis qu'ils s'en iront aux portes des maisons,
Mendier quelques sous en vendant leurs chansons.

L'homme est borgne et boiteux, et la femme est enceinte,
Or, voici que l'enfant pousse une rauque plainte,
Et la mère soudain le prend entre ses bras....
Mais, elle pousse un cri de douleur, car, hélas !
Il est mort le pauvret !...
                            Et comme elle se vautre
Dans l'herbe, l'homme crie :
                            « Est-ce donc déjà l'autre ?

VIEILLE IDYLLE

A Edmond Lepelletier

LES papillons d'azur voltigent dans les prés ;
Autour des blancs muguets déjà l'abeille rôde,
Pierre le braconnier et Rose, la ribaude,
Dès l'aurore, au coin d'un bois, se sont rencontrés.

Rose marchait pieds nus un fagot sur l'épaule,
Et sa robe s'était déchirée en chemin ;
Sa joue était ridée ainsi qu'un parchemin,
Et son corps se courbait déjà comme un vieux saule.

Ainsi, chaque matin, par les bois et les champs,
Fuyant les paysans qui l'appelaient voleuse,
Elle allait : Veux-tu bien partir, vilaine gueuse !
Lui disaient-ils, parfois, avec des airs méchants.

Autrefois, l'œil en feu, rieuse, gorge nue,
On la voyait danser sur l'herbe des vallons ;
Or, adieu maintenant valses et violons,
Avec les cheveux blancs, la misère est venue !

Soudain, elle aperçoit Pierre le braconnier,
Qui, la blouse en haillons, lui barre le passage ;
Une vive rougeur colore son visage,
Elle se laisse choir au pied d'un châtaignier.

Ils sont nés, tous les deux, dans le même village,
Et jadis, ils jouaient dans les sentiers ombreux ;
Rose était la bergère et Pierre l'amoureux...
O lointains souvenirs !.. il n'est plus le bel âge !

Pierre l'aima naguère à perdre la raison,
Mais elle, sans pitié, laissa couler ses larmes.
Et depuis il vécut en dépit des gendarmes,
Dans les bois, en bravant la faim et la prison.

Or, il a cinquante ans et son visage est blême,
Mais son corps est toujours robuste et vigoureux ;
Rose fixe sur lui ses regards langoureux,
Et n'ose murmurer comme autrefois : Je t'aime...

Mais lui calme s'avance, et doucement lui dit :
Rose, relève-toi, nous sommes en maraude.
Vois ! les branches nous font comme un dais d'émeraude,
Je t'aime comme au temps où j'étais tout petit !

L'OUVRIÈRE

A André Theuriet.

LA-BAS, à l'horizon, le jour paraît à peine,
   A sa fenêtre, près d'un vieux pot de verveine,
Alors qu'aux alentours s'éveillent les oiseaux ;
Une jeune ouvrière apprête ses ciseaux.
Ses yeux bleus sont plus doux que des fleurs de pervenche,
Et le travail n'a point déformé sa main blanche ;
Sa joue a la fraîcheur d'une pomme d'api,
Et ses cheveux bouclés sont plus blonds que l'épi
Qu'a mûri messidor et qu'abat la faucille ;
Et tandis que ses doigts font manœuvrer l'aiguille,

Et, légers vont froissant la soie et le velours,
Une vague rumeur s'épand aux alentours.
Un couple de moineaux s'ébat sur une treille,
Tout au fond du jardin, la vigilante abeille
Bourdonne en voltigeant autour d'un blanc rosier,
Et Jean, son petit gars, dans son berceau d'osier,
Tel qu'un blond chérubin, tranquillement sommeille ;
Mais, voici que bientôt brusquement il s'éveille,
Il ouvre ses rideaux, la contemple, surpris,
Et se met à pleurer en poussant de grand cris.
Or, comme elle se lève et quitte la croisée,
L'aiguille dans sa chair soudain s'est enfoncée
Elle accourt cependant près de lui, l'air très doux,
Lui parle, le caresse, entre ses deux genoux ;
Et tandis que sur son front sa lèvre se pose,
On voit perler du sang au bout de son doigt rose.

MA GRAND'MÈRE

LE vent froid de novembre a dépouillé les branches.
La feuille tourbillonne autour des tombes blanches,
Qui s'alignent, là-bas, dans le jardin des morts.
Et l'on voit osciller les couronnes de perles,
A l'ombre des cyprès où babillaient les merles,
Non loin du mausolée où repose son corps.

Et je sens sur mon cœur un poids lourd qui m'oppresse ;
Je frissonne glacé, ma paupière s'abaisse ;
Elle est là près de moi, sur son lit de douleur,

Telle que je la vis par une nuit pareille,
Alors qu'à son chevet je prêtais mon oreille
Aux sourds gémissements de l'aquilon hurleur !

Elle est là sur son lit ; à la lueur d'un cierge,
Qui brûle lentement près des rideaux de serge,
Je porte mes regards sur ses traits convulsés....
Je serre dans ma main ses doigts longs et rigides,
Et je baise son front tout sillonné de rides,
Et sa lèvre plissée et ses membres glacés !

Elle est là près de moi ! sombre, en proie au délire,
J'évoque tristement son simple et bon sourire,
Croyant ouïr encor le doux son de sa voix.
Elle est là près de moi ! pauvre vieille grand'mère !
Guidant mes premiers pas dans cette vie amère,
Où depuis j'ai souffert et pleuré tant de fois !

Elle est là près de moi : je sanglote, farouche,
Sans détourner les yeux de sa lugubre couche,
Et j'entends résonner des pas dans l'escalier..
Deux hommes sont entrés avec des airs funèbres,
Je les vois s'avancer vers moi, dans les ténèbres,
En portant sur leur dos un cercueil de noyer !...

J'étouffe les sanglots qui râlent dans ma gorge,
Mon œil flamboie ainsi qu'un brasier dans la forge,
Mon front est inondé d'une froide sueur....
Je m'avance soudain, je baise sa paupière ;
Et j'entends le marteau qui frappe sur la bière,
Enfonçant chaque clou qui pénètre en mon cœur !..

LE CRUCIFIX

Dans ma chambre à coucher, près d'une antique armoire,
Un très vieux crucifix, au mur est accroché ;
Et Jésus m'apparaît, victime expiatoire ;
Tel qu'il fut sur sa croix, par les Juifs, attaché.

Son corps est nu ; la mort dilate ses narines,
Dans ses pieds, dans ses mains, sont enfoncés les clous ;
Et je vois à son front la couronne d'épines,
Qui fait couler son sang sur ses longs cheveux roux.

Un râle de douleur soulève sa poitrine ;
Et sa lèvre brûlante a bu le fiel amer ;
Son regard est éteint et sa tête s'incline,
Dans le frissonnement ultime de sa chair.

Et je songe à sa vie humble, à sa mort sublime,
A sa morale simple, à sa douce bonté ;
Et je hais ses bourreaux et je maudis leur crime,
Sans que je puisse croire à sa divinité.

Et je souffre pourtant de ne pouvoir encore,
Le prier comme au temps où je gardais sa foi,
Et que je lui parlais comme au Dieu qu'on implore,
En lui disant : « Jésus, ayez pitié de moi » !

Je regrette le temps où devant son image,
Comme un petit enfant sur la pierre à genoux,
Je contemplais avec la candeur du jeune âge,
Sa tête auréolée et ses regards très doux !

Oh ! que ne puis-je encor, tel qu'une vieille femme,
Murmurer : O Jésus que ton nom soit béni !
Et sentir un frisson de douleur dans mon âme,
En écoutant l'Eli lamma sabacthani !...

Car, tout est vanité, songe, néant, fumée,
Heureux, heureux celui qui poursuit son chemin,
Au milieu des clameurs de la plèbe opprimée.
Qui depuis bientôt deux mille ans l'implore en vain !

Heureux celui qui peut continuer sa course,
Refoulant le blasphème en son cœur ulcéré,
Et se désaltérer en buvant à la source
De justice, de paix et d'amour éthéré !

O Jésus ! ce n'est point ma faute si je doute ;
Ni si j'ai perdu la foi que j'avais jadis....
Car j'ai crié vers toi sur le bord de la route :
Aussi tu m'ouvriras un jour ton Paradis !...

TABLE DES MATIÈRES

TABLE

—

	Pages
A Jacques Renaud	1
Le Coucou	3
A Eugène Thebaud	9
Les Mouches d'Or	11
Les Bœufs	13
A Paul Verlaine	15
L'Abeille	17
Léon Cladel	22
Les Petits Ramoneurs	27
Réveil	30
Les Mendiants	33

La Vigne. 35
Ma Suzette 40
Les Cloches 42
L'Automne 45
Contes d'Autrefois. 47
La Vieille. 52
Vieux Noëls. 54
La Chanson du Moulin 56
La Vache à l'Abattoir. 60
Ballade du Violoneux. 63
Chanson 65
La Vieille Maison 68
Mon cœur est comme une feuille 71
Le Chat 72
Aux paysans de mon pays 74
Retour de foire. 80
Au Pays Mothais 83
La Boutonne 87
Ma Payse. 89
Remembrance 93
La Chanson des Fileuses. 95
Va-Nu-Pieds. 99
Chanson de Printemps 101
Le Paysan pauvre 104

TABLE 157

Le Paysan riche 106
A Suzette. 108
Ma petite voisine 110
Les Deux Compagnons 113
Le Petit Cercueil 116
Le Vieux Curé 119
La Chanson des Gerbes 122
Nanon et sa Vache 125
Jean Claude 127
La Vieille Bergère 135
Les Rameaux 137
La Mort d'un Gueux 140
Vieille Idylle. 142
L'Ouvrière 145
Ma Grand'Mère. 147
Le Crucifix 150

Achevé d'imprimer
le cinq Mars mil huit cent quatre-vingt-treize
par
LEMERCIER & ALLIOT
à NIORT

DU MÊME AUTEUR

—

CABOCHE DE FER, Nouvelles *(2ᵉ Edition)*

SAVINE, Editeur

Caboche de Fer est le titre d'un volume de Nouvelles, écrites avec soin et avec goût, et qui font grand honneur à l'auteur, M. Auguste Gaud, et à son maître, au maître styliste Léon Cladel, à qui l'œuvre est dédiée. Le sujet de ces nouvelles est en général très simple, et c'est surtout par l'arrangement et l'habileté du récit, par la netteté et la vigueur de la langue qu'elles se recommandent.

ALBERT CIM.   *(Le Radical)*.

LES CHANSONS D'UN RUSTRE, Poésies

SAVINE, Editeur

Voici un recueil de vers qui contient de belles pièces. Il est bien supérieur dans l'ensemble aux savonnades poétiques que les éditeurs ordinaires et reconnus des poésies nous délivrent. Je trouve de précieuses qualités dans les *Chansons d'un Rustre* et l'auteur M. Auguste Gaud est assurément quelqu'un. C'est plus qu'une carte de visite pour l'avenir, c'est plus qu'une promesse. La moitié du volume est excellente et l'autre moitié est très bonne.

Auguste Gaud : voilà un nom qu'il faut retenir.

JEAN BERNARD.   *(L'Evénement)*.

www.ingramcontent.com/pod-product-compliance
Lightning Source LLC
Chambersburg PA
CBHW051132260626
47170CB00005B/1775

* 9 7 8 2 0 1 1 3 2 6 4 2 3 *